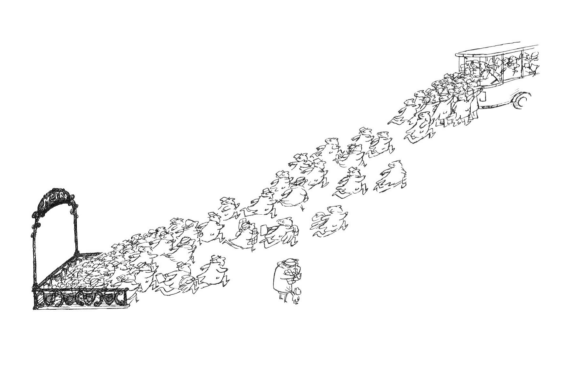

簡單，不簡單

Rien n'est simple

桑貝 Sempé.

本書法文版原出版於1962年
2005年重新出版

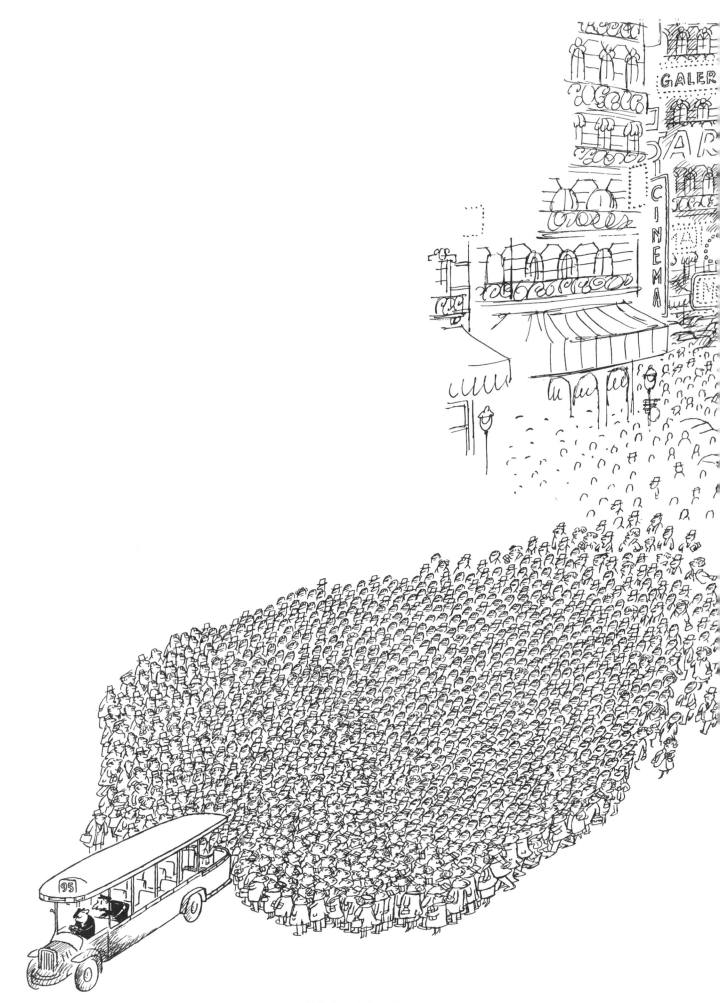

「喬治，我好害怕！」

1

2

3

1

2

5

6

3

4

7

$\longrightarrow$

Metro：地鐵

「我們得去問問主任，門房要公告事情沒有其他方法嗎？」

「各位在螢光幕上可以看到，美方代表發言之後，
赫魯雪夫先生搔了兩次鼻子，這在他的國家代表的是一種很深的不滿！」

1

2

3

4

由左至右：

1 TOUS POURLE R.P.R.
  全民支持R.P.R.（共和國聯合黨）

2 A BAS...IN!
  打倒……安！

3 LIBERTE D'ABORD
  自由優先

4 TOUS POUR LE Rassemblement Pour la Republique
  全民支持共和國聯合黨

5 PLUS DE DÉMAGOGIE
  拒絕政治話術

6 VOTEZ R.P.R.
  票投R.P.R.

7 ECHANGE beau 3 pièces contre
  5P. TOUT CFT. tel. BOL.65.25
  換屋，漂亮三房。廚房、浴室，
  要換五房。非常舒適。電洽：BOL.65.25
  （BOL是電話撥盤／按鍵數字的字母替代，相當
  於265。BOL法文原意為「碗」，口語有「走
  運」之意。）

投票支持R.T.H. | 政治話術 受夠了 | 全民支持R.T.H. | 政治話術 受夠了

1　（R.T.H. = Reconnaissance de la qualité de Travailleur Handicapé：殘障工作者能力認證）

2

3　　　　政治話術 受夠了 | 全民支持R.T.H.　　　　Frivolités：精品店 | Mode：時尚

4

CINÉ(MA)：電影院
CETTE SEMAINE：本週放映

1

3

2

4   5

1

2

3

4

SOYEZ BREF：長話短說 ｜ SOIS CALME：保持冷靜

1

2

3

4

「伊莎貝兒，這樣醫生會很困擾！」

5   6

1

2

5

6

3

4

7

8

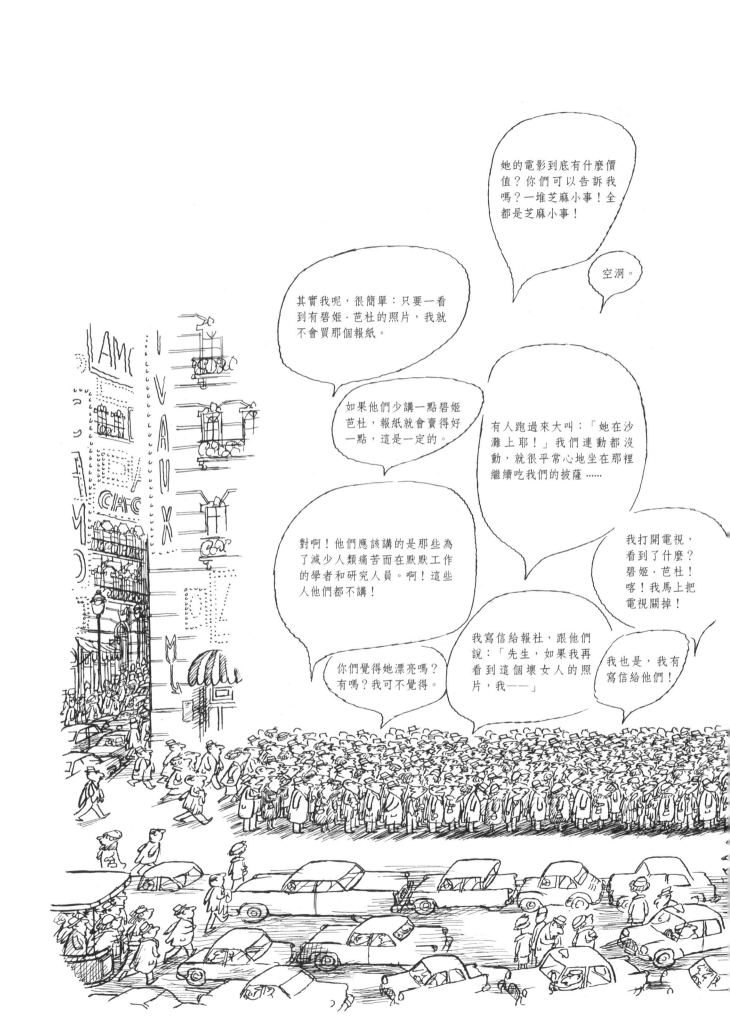

BRIGITTE BARDOT：碧姬·芭杜 | VISA DE CENSURE No.12709：12709號禁演令

1

2

6

7

3

4

5

8

9

1

2

3

4

「現在，我要提出一個問題，這是每位電視機前面的觀眾都應該對自己提出的：
您的卡夫卡傾向的夢的概念是否與您對於本質性存在的類邏輯印象並存？」

5

6

「他還不知道我刪了他大量的戲份。」

BUVEZ BONOL：請喝 保諾（白蘭地） | TOILETTES：廁所

1

4

2

3

5

6

1

2

5

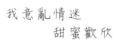

6

9

10

3

4

7

8

11

12

「我家男人落海了！」

「露西安，出發囉？」

1

2

→

3

4

5

「你們的官司進行到哪裡了？」

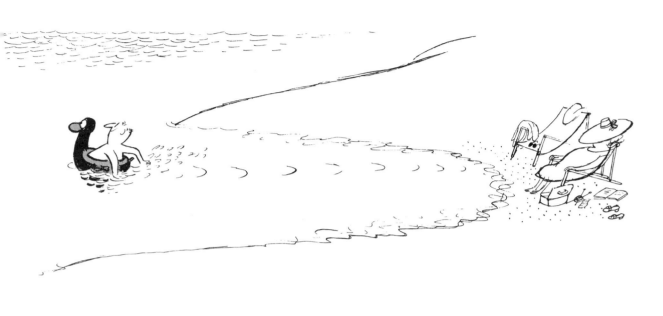

「它一直在動。」

1

2

3

4

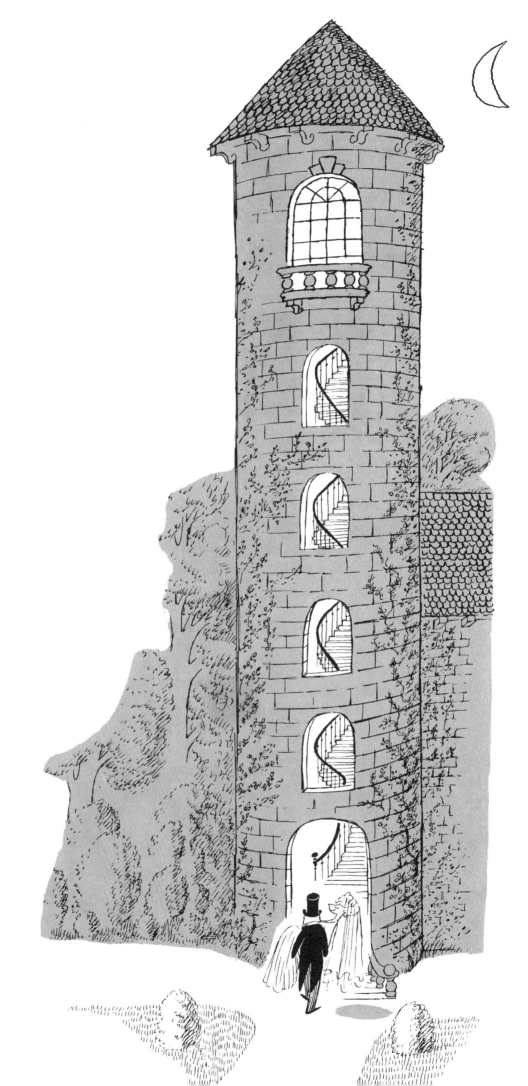

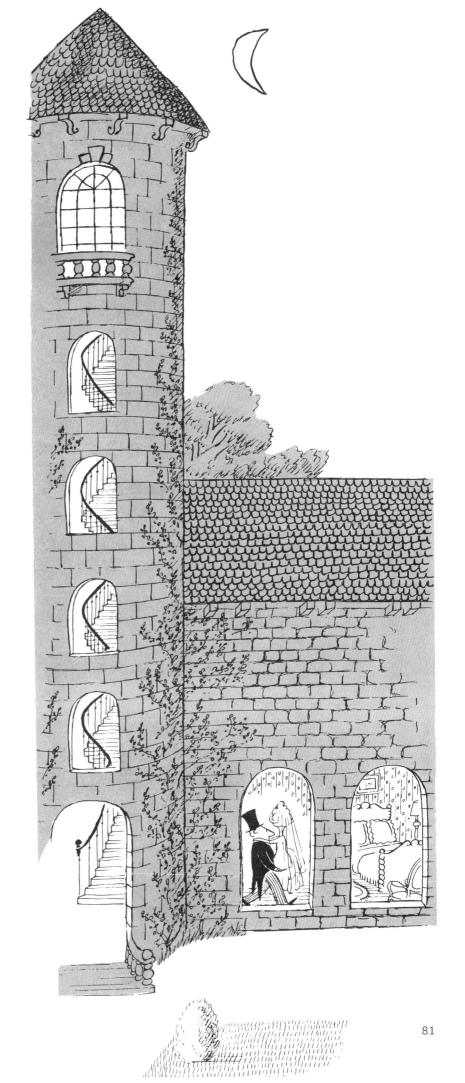

ENGLAND：英國 | U.S.A：美國 | U.R.S.S：蘇聯 | FRANCE：法國

1

2

3

1

2

3

4

2日 星期五

隆貝先生邀了一位年輕的金髮小姐。雖然大家都裝沒事，可是所有人都看到她的手上
沒有婚戒（不過隆貝先生有）。

4日 星期日

今天早上屈欣涅先生釣魚的時候滑了一跤,跌進水裡。馬提諾先生剛好經過,趕快把
他從洶湧的波浪裡拉起來。不管大家怎麼讚美,馬提諾先生都保持非常謙虛的態度。
他說不論是誰看到了都會這麼做。

6日 星期二

晚餐之後是關於柏林、比塞大（註：突尼西亞北部大城）和畢卡索的大討論。
馬提諾先生為我們做了大致的重點講解。關於畢卡索，馬提諾先生（他認識畢卡索）
告訴我們一個秘密：畢卡索畫畫的方法很正常──跟你我一樣──只不過他畫完之後
會把畫布割破，讓它們面目全非，有時候他甚至是蒙著眼畫的。他這麼做都是為了
滿足附庸風雅的大眾。卡澤納夫先生說的好：「當我們知道內幕的時候，我們就會明
白，這一切都是利用人類愚蠢所進行的投機事業。」只有屈欣涅先生跟馬提諾先生唱
反調（他溺水被他救起來還不到三天呢！），大家多少還是有點吃驚！

APER：開胃牌 | Apero Aperitif：開胃的開胃酒

9日 星期五

下雨了。

午餐剛開始的時候,馬塞林先生妙語如珠,一句接一句,逗得大家哈哈笑,讓人以為
會有一整個歡樂的下午。可是,馬塞林先生沉默的時間越來越長,所有人都看得出他
已經想不出什麼好笑的,大家就上樓去睡午覺了。

10日 星期六

今天晚餐發生的這件事，很難不讓人想起珍娜·露露布莉姬妲和伊麗莎白·泰勒在莫斯科的撞衫事件：托瑪斯太太和卡澤納夫太太穿了同款的洋裝出現在餐廳。驚呆的瞬間過去後，我們聽到這樣的說法：這個款式的衣服，她們兩人是各自在她們的裁縫那兒買的（一個在奧爾日河上的阿炯提耶，一個在圖爾奈），裁縫還告訴她們只有一件。很顯然，這兩位裁縫的信譽會遭受非常慘烈的打擊。

11日 星期日

這個意外給這兩天的焦慮氣氛通了電。我們可沒有說要這個呀！點了優格的，送來白乳酪，想吃白乳酪的，卻送來優格……

14日 星期三

在這裡，儘管一切都有點隨便，不過晚餐還是明顯比午餐穿得正式。話雖如此，大家看到卡澤納夫先生和卡澤納夫太太穿得那麼講究的時候，還是好驚訝。就我們所知，他們是在慶祝結婚週年。他們開了香檳，還叫對方「達令」。查波太太的評論是：「我這可不是嫉妒，我不會因為他們一個穿藏青色西裝，一個穿皮草就眼紅，而是這樣有點像在說：『你看到我了嗎？』」。

17日 星期六

今天早上，來了十二個大行李箱。晚餐的時候，所有人都穿得很正式，只有卡澤納夫
夫婦穿得很隨興。老天，這畫面看起來太棒了，雖然卡澤納夫夫婦——就像我已經說
過的——穿得很隨興。

19日　星期一

阿雷格太太喜歡強調她跟碧姬·芭杜很像，堅持要跟她梳同樣的髮型。這其實讓大家很驚訝。而且，她的小孩家教很差，大家都可以清楚感覺到，他們沒有花足夠的時間在孩子身上。

UNE SUZE：來一杯蘇茲香甜酒

23日 星期五

這裡所有人都知道:查波先生是「工人國際法國支部」的,而卡澤納夫先生是「共和左派聯合」的。該來的總是會來;不過這場辯論沒完沒了,最後女人和小孩都去睡了。托瑪斯先生和瑪西亞克先生充當調停者,我們直到深夜才找到解決之道(就像第二天酒保說的,懷抱善意的人們最後總會找到和解的方法),還擬了一份共同宣言,裡頭提到自由與勞動應該獲得保障。這份宣言由羅宏先生執筆,所有參與辯論的人都連署了。

27日 星期二

馬提諾先生對於自己把屈欣涅先生救起來的這件事並不滿意，決定幫他上幾堂游泳課。他開始禁止他喝餐酒，又禁止他抽菸（不管屈欣涅先生如何抗議！）。今天早上，屈欣涅先生發火了（馬提諾先生撞見他正在抽菸）。

屈欣涅先生在悲劇發生的地點把大家集合起來，然後跳進水裡，他要向我們證明，他不需要馬提諾先生的幫忙也可以自己游上岸。之後，他站在馬提諾先生面前，嘴裡叼著一根菸，擺出挑戰的姿態。馬提諾先生繼續看他的報紙，一派冷靜。

UN RICA(RD)：來一杯力加茴香酒

30日 星期五

幾乎所有人都要走了。大家交換了約定和地址。就在離開的時候，馬提諾先生的汽車發出微弱的喘息，結果是還有兩天才走的屈欣涅先生幫他發動了。

HOTEL LES PINS：松樹旅館

「瑪爾特，我的愛，我可以去打獵嗎？」

1

2

3

4

5

6

1

2

4

5

7

8

3

6

9

「這幾天我和你們的父親不在家。答應我，你們要很兇喔。」

CHIEN MÉCHANT：內有惡犬

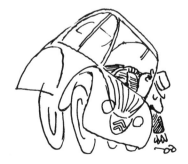

「假警報！他們應該是來送貨的，
上星期我訂了一根破門錘。」

117

「馬當先生，您為什麼沒有做動作？」

1

2

3

4

5

6

7

1

3

2

4

「公司應該還是會覺得高興，至少我們成功救出了一部分貨物！……」

1

2

PSYCHAN(ALYSTE)：精神分析師

6

7

10

3

4

SANS IMPORTANCE：不重要

5

8

9

11

129

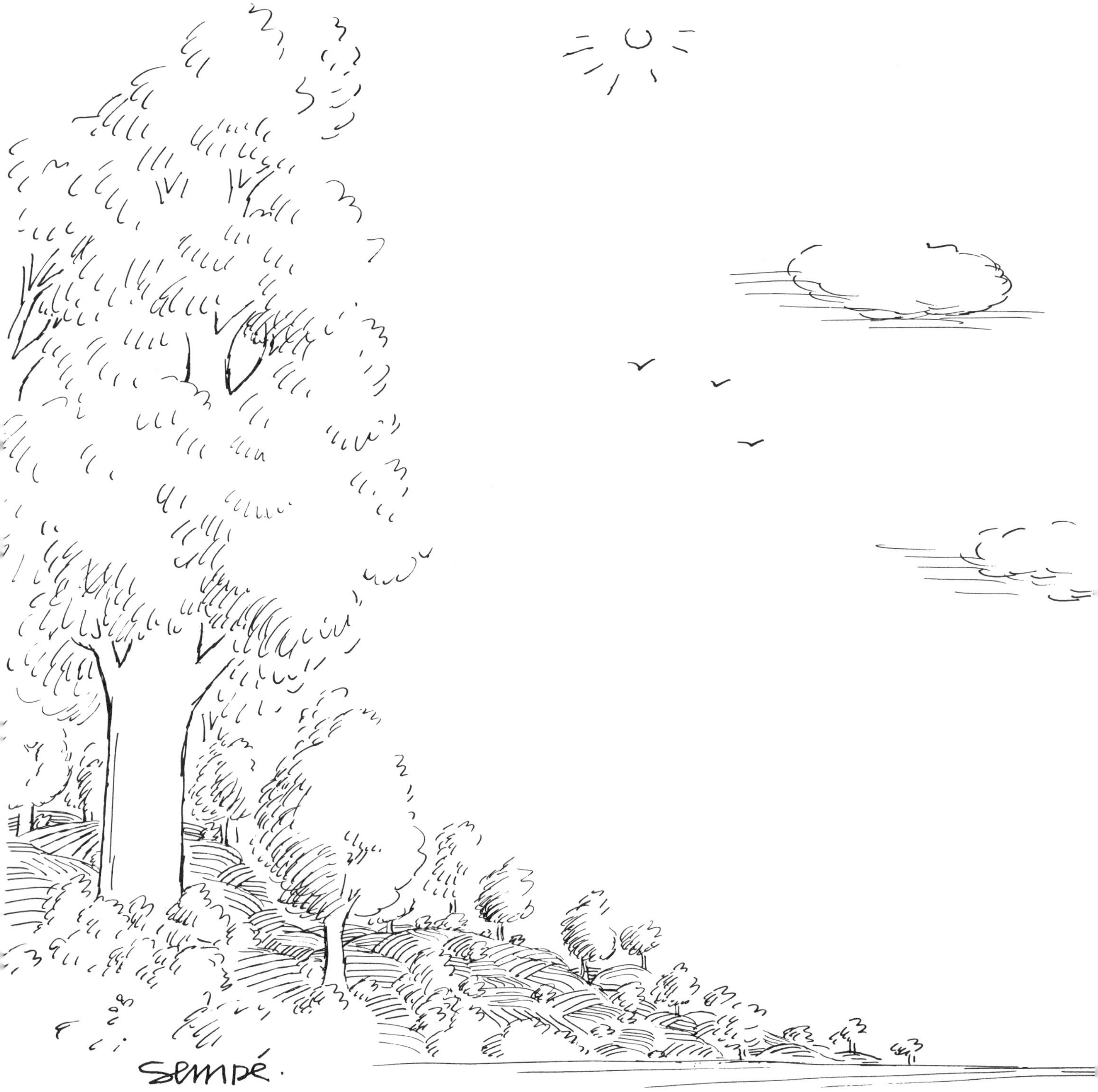
SEMPÉ.

Essentia19 YY0919

簡單，不簡單
Rien n'est simple

作者　尚-雅克・桑貝 Jean-Jacques Sempé

譯者　尉遲秀

視覺構成　Digital Medicine Lab 賴楨璚、何樵暐

版權負責　陳柏昌

行銷企劃　劉容娟、王琦柔

副總編輯　梁心愉

初版一刷　二〇一八年三月二十六日

定價　新台幣三九〇元

出版　新經典圖文傳播有限公司

發行人　葉美瑤

地址　10045 臺北市中正區重慶南路一段五十七號十一樓之四

電話　886-2-2331-1830　傳真　886-2-2331-1831

讀者服務信箱　thinkingdomtw@gmail.com

FB 粉絲團　新經典文化 ThinKingDom

總經銷　高寶書版集團

地址　臺北市內湖區洲子街八十八號三樓

電話　886-2-2799-2788　傳真　886-2-2799-0909

海外總經銷　時報文化出版企業股份有限公司

地址　桃園市龜山區萬壽路二段三百五十一號

電話　886-2-2306-6842　傳真　886-2-2304-9301

簡單，不簡單 / 尚-雅克・桑貝（Jean-Jacques
Sempé）著；尉遲秀譯 .-- 初版 .-- 臺北市：新
經典圖文傳播，2018.03
136 面 ; 21×28.8 公分 . -- (Essential ; YY0919)
譯自：Rien n'est simple
ISBN 978-986-5824-95-2（平裝）

876.6　　　　　　　　　　　　　　107001674

→

MON REPOS：我的工作